Wortfindungsmelodien ...

in einer Zeit,
in der Worte verloren gehen

Märchen und Gedichte
von
Susanne Brand

Bibliografische Information der Deutschen
Nationalbibliothek
Die Deutsche Nationalbibliothek verzeichnet diese Publikation
in der Deutschen Nationalbibliografie; detaillierte
bibliografische Daten sind im Internet über http://dnb.d-nb.de
abrufbar

Herstellung und Verlag
Books on Demand GmbH, Norderstedt

ISBN 978-3-83910-617-4

Vorwort

Worte. Worte sollen bedeutend sein!
Für den, der sie sagt- schreibt und für den der sie aufnimmt.
Und hoffentlich nimmt man sie nicht „falsch auf".
Deshalb ist es mir ein inneres Bedürfnis, „meine Worte" so zu
verpacken, das man sie versteht. Zum einen in kurzen Erzählungen-
Märchen, die genauso wie zum anderen in Gedichten- die Gedanken,
Erfahrungen, Wünsche und Sehnsüchte verständlich machen sollen.
Ich möchte behaupten; „ Ich zähle mich zur Kategorie- „Erzähler"
und dies im alt herkömmlichen Sinne, denn...... Die Faszination der
Märchenwelt hat ein jedes Kind schon einmal in seinem Leben
erlebt.
Geschichten die erzählt werden und die es eigentlich nicht zu geben
scheint, aber dennoch einen tiefen Einfluss auf uns nehmen.
Wie entsteht so etwas?
Schon sehr, sehr lange werden Märchen- Geschichten von meist
älteren Menschen an jüngere weitergegeben.
Zweck des Ganzen war, die Lebenserfahrungen der Jahre in
Erzählungen interessant zu verpacken, um uns etwas zu geben:
„Eine Hilfestellung der Gedankenanregung aus dem, was das Leben
uns lehren soll!"
Und nur durch das Vergangene als Basis. Egal ob spirituell oder real.
Dies haben uns auch schon z.B. die alten Indianer gezeigt.
Also: „ BACK TO THE ROOTS!"
Das Erzählen sollte ein wichtiger Lernfaktor im Leben sein und auch
wenn es mir im „Allgemeinen" nicht vollends glücken sollte, ist
meine Mission schon erfüllt, wenn verwandte Seelen mit meinen
Worten umgehen können.
Im speziellen waren die Findungen meiner Worte an „meine
nachfolgende Generation"- meine Kinder gerichtet. Doch im
„Allgemeinen" spreche ich die „Kinder unserer Welt" an.
In diesem Sinne........" Findet Spaß in meiner Erzählwelt!"......und
lauscht der Melodie der Worte.

Inhaltsangabe:

Zitate:

Wortbeschreibungen:

Und ohne es zu wissen,....ist der Anfang, das Ende.......

Ziele

Oben auf der alten Eiche,
sitzt ein Knabe und er weint.
Hat gedacht das er´s erreiche,
hat´s gehofft und hat´s gemeint.

Doch als er zur Hälft´ gekommen,
ja, da wurde es ihm klar;
„ Überschätzt und übernommen!"
Klar das er jetzt traurig war.

Denn der Wille nur allein,
kann´s alleine so nicht sein.
Wenn man hohe Ziele hat,
stört am Ende jedes Blatt.

Doch der Knabe klettert weiter,
langsam keuchend, ohne Leiter,
denn er kann sein Ziel schon sehn,
wie viel Stunden auch vergehn.

Als er oben angekommen,
und die Spitze so erklommen,
dacht´ er stolz und voller Glück,
an des Baumesweg´s zurück.

Die Magie des Clowns

Unweit eines kleinen Dorfes, lag eine Wiese auf der Schafe weideten. Der Schäfer der mit seinem Hund an einem Baum saß und seinen Tieren beim grasen zusah, hatte eine kleine Flöte in der Hand und spielte darauf ein Lied.

Ein kleiner Junge, der gerade seinen Drachen steigen ließ, kam auf den Schäfer zu gerannt und hörte dem Flötenspiel zu.

"Was ist das für ein Lied ?" wollte der Bursche wissen.

Der Schäfer hob seinen Kopf und unter dem großen Schäferhut, konnte man nun auch ein Gesicht sehen, daß eigentlich jünger war als vermutet.

"Na Junge, hat dir das gefallen ?" erkundigte sich nun der Schäfer.

"Ja schon" ,sagte der Junge, " aber das klang recht traurig. Kannst du noch ein anderes Lied spielen ?"

Der Schäfer nickte und erzählte dem Jungen, daß er vor langer Zeit einmal in einem Zirkus gewesen sei und dort ein paar Zaubertricks und lustige Clownslieder gelernt hatte.

"Hast du Lust ? Wollen wir ein bisschen Zirkus machen?" fragte er.

Ein breites Lächeln legte sich auf das Gesicht des Jungen und sie fingen an, mit alten Schäferdecken eine kleine Manege zu bauen. Der Schäfer holte ein paar bunte Schminkstifte aus seiner Schäfertasche und schminkte sich. Die Show fing an.

Aus dem Null-Komma-Nichts war aus dem Schäfer ein echter Clown geworden, der nicht nur lustig sondern auch äußerst geschickt war.

Er balancierte Äpfel, zauberte ein Geldstück hinter dem Ohr des Jungen hervor und machte einen wirklich gekonnten Kopfstand. Zum Schluß spielte er dann ein Lied auf seiner Flöte, daß so lustig klang, daß der Junge anfing mit zu pfeifen und darauf tanzte.

"Taraaa...! Die Show ist nun zu Ende!" sagte der Schäfer, nachdem er seinen Auftritt beendet hatte.

"Das war schön!" freute sich der Junge und drückte dem Schäfer eine Murmel in die Hand. " Das ist für die tolle Vorführung. Warum bist du eigentlich Schäfer geworden und nicht Clown?"

"Weißt du," antwortete der Schäfer, " mein Vater war auch schon Schäfer und mein Großvater auch und deshalb bin ich es auch geworden. Schließlich habe ich ja sonst nichts gelernt!"

"Hast du doch!" protestierte nun der Junge;" Schließlich kannst du ganz tolle Zaubertricks und bist sooo... ein lustiger Clown. Und Flöte spielen kannst du auch!"

"Und sag mir, was macht dir mehr Freude? Menschen zum lachen zu bringen oder Schafen beim grasen zuzusehen?"

Der Schäfer überlegte einen Augenblick.

"Eigentlich hast du recht!" sagte der Schäfer und im selben Moment bemerkte er einen Glückskäfer, der sich auf seine Flöte gesetzt hatte.

"Ich werde es einfach versuchen. Denn ob ich nun mit meinen Schafen umher tingele und traurige Lieder auf meiner Flöte spiele, oder als Clown die Menschen zum lachen bringe.......

Umher ziehen muß ich sowieso. Warum dann nicht mit Freude, denn wenn ich andere glücklich stimmen kann, so bin ich es auch!"

Der Schäfer setzte dem Jungen den Schäferhut auf und fragte ihn:
"Möchtest du Schäfer sein? Wenn ja, schenke ich dir all meine Schafe. Wenn nicht, verkaufe ich sie im Ort !"
Der Junge hob die Schultern fragend hoch und antwortete:
"Ich weiß nicht ! Wie kann ich jetzt schon wissen, was ich später gerne möchte?"
Die Magie des Clowns, ist die Magie des Lebens. Denn, was man mit ganzem Herzen und Freude tut, wird uns glücklicher und zufriedener stimmen als all das, was wir tun sollen, aber nicht wollen.

- Ende-   Die Magie des Clowns

auf den Weg zum großen Spektakel,.....

Zirkus
- - - - - - - - - -

Tari Tara, hereinspaziert !
Hier wird getanzt und musiziert !
Hier wird geturnt und wird gelacht,
wenn´s sein muß auch die ganze Nacht.

So manches Tier ist auch dabei,
und Kinder halten laut Geschrei.
Denn, daß was sie hier heute sehen,
an keinem wird vorüber gehen.

Die Augen und die Münder auf,
so nimmt die Show nun ihren Lauf.
Und jeder ist sich ganz gewiß,
daß dies hier ein Ereignis is` .

Es ist ein jeder fasziniert,
was hier im Zirkus so passiert.
Man einig ist sich dann am Schluß,
man dies mal wieder sehen muß.

dem Kreislauf- Käfer auf der Spur,.....

Kreislauf oder,....."Der Käfer"

Ein Käfer, ein Käfer, der wanderte im Gras.
Er wanderte früh morgens und wurde dabei naß.
Da wollte er sich trocknen und setzt sich auf ein Blatt.
Ne` Spinne tat ihn locken, bis zu und war dann satt.

Ne` Spinne, ne` Spinne, die krabbelte im Gras.
Sie krabbelte auf Blumen und spinnte sich dann was.
Da kam ein kleiner Vogel und pickte sie schnell auf,
und mit etwas Gemogel, flog er zum Baum hinauf.

Ein Vogel, ein Vogel, der hüpfte in ´nem Baum.
Er pfiff und hüpfte munter, so schön, man glaubt es kaum.
Da kam ne` schwarze Katze und sprang aufs Vöglein zu,
und schnell mit einem Satze, war´s weg und das im nu.

Ne` Katze, ne` Katze, die lief über die Straß.
Da kam ein schnelles Auto, kam schnell so angerast.
Die Katz ward´ platt gefahren und eh´ man sich versah,
in ihr die Käfer waren, noch mal von vorn´s geschah.

Ein Käfer,......

Vom Pilz der sich auszog, um seinen Namen zu finden

Auf einer wunderschönen moosigen Waldwiese, da wuchs ein kleiner Pilz. Er sah lustig aus, mit seinem roten Schirm auf dem Kopf und den weißen Flecken darauf. Den ganzen Tag verbrachte er mit seinen Eltern. Die standen neben ihm auf der Mooswiese.

Sein Vater, ein wirklich intelligenter Pilz, erzählte ihm alles was eben so ein Pilz wissen mußte.

Seine Mutter hingegen war darauf bedacht, daß ihn nur keine unliebsamen Waldbewohner belästigten.

Auf der Mooswiese stand auch ein alter Baum. Der mischte sich immer in die Gespräche der anderen ein. Wenn Vater Pilz seinem Sohn etwas wichtiges zu erzählen hatte, behauptete der Baum stets, es besser zu wissen. Dies begründete er dann mit seinem stattlichen Alter. Schließlich hatte er, bedingt durch dieses reife Alter, auch mehr Lebenserfahrung und konnte somit auch mehr vom Leben wissen; meinte er.

Eines Tages also, Vater Pilz führte gerade wieder so ein wichtiges Gespräch mit seinem Sohn, hörte man den Baum husten. Das tat er immer dann, wenn er darauf hinweisen wollte, daß er sich am Gespräch beteiligen wollte. "Ja Baum, du bist also anderer Meinung?" fragte Vater Pilz freundlich, aber dennoch genervt von den Einmischungen des Baumes.

"Na ja! Generell hast du ja recht, Pilz! Aber in diesem Fall muß ich dir sagen, du irrst dich!" entgegnete nun der Baum. "Wie du weißt bin ich nicht nur älter als du, sondern auch größer. Und genau deshalb, kann ich auch weiter in die Ferne sehen.

Dies tue ich auch sehr gewissenhaft, wie du weißt. Also kannst du mir ruhig glauben, wenn ich dir sage, es gibt noch andere Pilze außer euch. Die sehen zwar genau so aus wie ihr, sind aber dennoch ganz anders."
Der kleine Pilz, der interessiert dem Gespräch gefolgt war, fragte nun vorsichtig: "Du,... Papa Pilz! Haben denn auch alle die anderen Pilze dort draußen einen Namen?"
Doch Papa Pilz kam erst gar nicht zum antworten, denn der kleine Pilz fragte rasch weiter:
"Und wie heißen wir eigentlich? Wie ist unser Name?"
Nun fing der alte Baum an schallend zu lachen: "Ha, ha, ha....! Das ist eine gute Frage, kleiner Pilz.
Denn, von mir selbst weiß ich zum Beispiel das ich Eiche heiße. Das weiß ich von dem Baum, der vor zwanzig Jahren neben mir stand und irgendwann vom Blitz getroffen worden war und dann abstarb."
"Ja ja, Baum! Tu dich nur wichtig!" ergriff nun Papa Pilz das Wort, der ungern so dastand als hätte er keine Ahnung von alledem.
"Natürlich weiß ich, daß wir keine gefährlichen Pilze sind, die es da draußen auch gibt!" fuhr er fort.
Der kleine Pilz wurde nun immer unruhiger und bestand darauf, endlich eine richtige Antwort auf seine Fragen zu bekommen: "Ja! Aber wie heißen denn nun alle die anderen Pilze da draußen? Und wie heiße ich?"
Doch weder Vater Pilz, noch der alte Baum konnten ihm richtig darauf antworten.
Plötzlich ergriff die Mutter Pilz das Wort, was sehr ungewohnt war, denn normaler Weise mischte sie sich nicht in solche Gespräche ein: "Hör mal Junge! Egal wie du heißt, du bist unser Sohn und wir haben dich sehr lieb und wollen nur das Beste für dich!"

Langsam brach die Nacht herein und der kleine Pilz konnte und konnte nicht einschlafen. Diese Fragen ließen ihm einfach keine Ruhe mehr. Er schaukelte sich hin und her, um sich zu beruhigen.

Aber je mehr er schaukelte, um so nervöser wurde er. Auf einmal merkte er, daß sich seine Wurzeln aus dem Boden lockerten. Doch anstatt mit diesem Geschaukel aufzuhören, um nicht Gefahr zu laufen aus dem Boden zu kippen, machte er immer wilder weiter. Nun fing er sogar an, sich selbst an seinem roten Schirm heraus zu ziehen. Plumps ! ! ! Da war es passiert. Der kleine Pilz lag entwurzelt am Boden und versuchte nun, sich mit aller Mühe aufzurichten. Irgendwie gelang es ihm auch und Gott sei Dank,... seine Eltern hatten von alledem nichts mitbekommen.

Nur der Baum machte langsam die Augen auf und fing leise an zu sprechen: "Junge ! Was machst du denn für Sachen? Schnell, gehe wieder in die Erde. Dann wächst du bestimmt wieder an!"

Der kleine Pilz schüttelte kräftig den Schirm und sagte: "Nee Baum! Ich will erst wissen wie ich heiße.

Wenn ihr mir das nicht sagen könnt, muß ich eben fort, um das herauszubekommen. Bestelle Mama und Papa einen schönen Gruß und sage ihnen, daß ich wieder komme, wenn ich weiß wie ich heiß. Sage ihnen, ich hab sie auch ganz doll lieb und sie sollen sich keine Sorgen machen!"

Auf seinen Wurzeln kriechend, verschwand der kleine Pilz im Morgenlicht. Der alte Baum jedoch, versuchte noch ihn aufzuhalten und rief ihm leise zu: "Junge! Tu das nicht! Das wirst du nicht überleben. Deine Wurzeln gehören hier in die Erde, sonst stirbst du!"

Doch der kleine Pilz hatte nichts mehr von alledem gehört und kroch davon.

Langsam ging die Sonne auf und die Vögel sangen ihr Morgenlied dazu. Da merkte der kleine Pilz, daß er schon weiter von zu Hause entfernt war, als er gedacht hatte. Er kam zu einer Lichtung, auf der viele bunte Blumen standen und ein ziemliches Geschnatter abhielten:

"Was will denn der hier ? Der gehört doch gar nicht hier her. Und guckt mal, wie der aussieht !"

Schließlich fiel der kleine Pilz ins Gespräch :

"Hey ! Könnt ihr mir vielleicht sagen, ob es hier noch andere Pilze gibt?"

Nun erhob eine Glockenblume das Wort: " Ja, was suchst du denn für welche?"

Der kleine Pilz hob fragend die Augen hoch und erwiderte:

"Was weiß ich? Eben andere Pilze, die mir sagen können, wie ich wohl heiße!"

Die Glockenblume fing an zu lachen:

"Das weißt du nicht? Hat dir denn niemand erzählt, daß du ein Perlpilz bist?"

"Ein Peeerlpiilz ?" Der kleine Pilz war sichtlich überrascht, von der Glockenblume die Antwort auf seine Frage zu bekommen.

"Ja, ja" ergriff die Glockenblume gleich wieder das Wort, "du mußt ein Perlpilz sein, denn gefährlich siehst du nicht gerade aus. Gefährlich aber sehen die Fliegenpilze aus, die dir zwar äußerlich sehr ähneln, aber sonst immer mürrisch und schlecht gelaunt sind. Du siehst eher wie ein kleiner freundlicher, aufgeweckter Perlpilz aus!"

Nun mischte sich plötzlich ein großer Tannenbaum ins Gespräch: "Ja, Glockenblume. Du hast völlig recht, der kleine da ist harmlos. Das ist ein Perlpilz und kein Fliegenpilz. Das weiß ich daher, weil vor ein paar Jahren einmal Menschen hier waren, die Pilze suchten. Da hörte ich wie einer sagte, daß die Pilze dahinten im dunklen Wald Fliegenpilze seien und die auf der Mooswiese Perlpilze wären. Und du bist doch der kleine Perlpilz von der Mooswiese, bei der alten Eiche, oder?"

"Ja, ja! Das bin ich. Woher weißt du das?" kam es völlig kraftlos aus dem kleinen Pilz, den die Reise doch ganz schön angestrengt hatte.

"Hey, hör mal kleiner," fuhr nun der Tannenbaum einfach weiter fort, " du mußt wieder an deinen Platz in die Erde, damit du wieder Wurzeln schlagen kannst, sonst stirbst du. Und das ist doch die ganze Sache nicht wert. Oder?"

Der kleine Pilz sah recht blaß aus und redete leise weiter: "Jetzt, wo ich weiß wie ich heiße, würde ich ja gerne wieder nach Hause. Aber ich glaube, ich habe keine Kraft mehr um nach Hause zu kommen!"

Der Baum überlegte eine Zeit-lang, pfiff dann ein paar mal kräftig durch die Äste und wartete einige Sekunden, um dies noch einmal zu wiederholen. Da kam eine Amsel aus dem Wald geflogen und setzte sich in die Äste der Tanne. "Was willst du Tanne?" fragte die Amsel.

"Ich brauche deine Hilfe, Amsel!" antwortete die Tanne, "Du mußt mir einen Gefallen tun und den kleinen Perlpilz dort drüben wieder nach Hause auf die Mooswiese bringen. Alleine schafft er es nicht mehr!"

Die Amsel flog auf die Wiese herunter, setzte sich vor den kleinen Pilz und fragte ihn, ob er der kleine Perlpilz sei, der schon von seinen Eltern gesucht würde.

16

Überall im Wald wären schon die Vögel unterwegs, um ihn zu finden.

Der kleine Pilz nickte, konnte aber nicht mehr antworten, so erschöpft war er. So hob die Amsel ihn vorsichtig mit ihren Krallen auf, um ihn nicht noch zu verletzen und flog mit ihm in den Himmel empor, um ihn nach Hause zu bringen.

Zu Hause auf der Mooswiese angelangt, stießen die Eltern Freudenschreie aus, als sie ihren kleinen Pilzjungen sahen. Sie bedankten sich bei der Amsel für ihre Hilfe und kümmerten sich sofort um ihren kleinen Ausreißer. Beruhigend redeten sie ihrem Pilzjungen zu: "Junge, daß wird schon wieder. Du mußt nur erst wieder Wurzel fassen. Dann geht es dir auch bestimmt bald wieder besser. Du wirst sehen!"

Der alte Baum war ebenfalls beruhigt, daß der kleine Pilz wieder nach Hause gefunden hatte und konnte sich aber nicht verkneifen, den Eltern noch einen gut gemeinten Rat zu geben: "Nehmt euch ein Beispiel an eurem Sohn. Denn, eines hat er euch voraus. Er weiß, wer er ist. Wer erst gar nicht sucht, der wird natürlich auch nichts finden. Gefunden aber hat er, was er gesucht hat:
"Seinen Namen !"

- Ende-

Vom Pilz der auszog, um seinen Namen zu finden

vom Weg und der Furcht durch das Ungewisse,...........

Der Wald
- - - - - - - - - - - -

Wald, du tiefer, dunkler Raum,
wirst geziert, von Laub und Baum.
Schattenspiele, von Dunkel und Licht.
Intensive Gerüche, die man hier riecht.

Endlos lang, die Wege hier sind.
Viele Geräusche, begleitet der Wind.
Die Tiere sind da, doch sieht man sie nicht.
In Bäumen und Wurzeln, sieht man ein Gesicht.

Ängstlich und doch behütet wie nie,
genieße ich staunend, diese Harmonie.
Der Wald, er ist so mächtig und groß.
Und bin ich dann dort, läßt er mich nicht los.

Viel zu selten bin ich bei dir,
genieße die Pracht, genieße die Zier.
Und geh ich nach Haus, dann irgendwann,
hoff´ ich ins Geheim, daß ich wieder kommen kann.

treibt es uns voran,.....

Fernweh

Sonne, Mond und Sterne,
ach, wie sind sie weit.
Blicke in die Ferne,
Fernweh macht sich breit.

Würde gerne reisen,
in ein fernes Land.
Durch fremde Länder kreisen,
die mir noch nicht bekannt.

Es gibt so viel zu sehen,
auf dieser großen Welt.
Sie wird sich immer drehen,
unter dem Sternenzelt.

Also,...ich dann muß gehen,
von diesem, meinem Ort,
ich möcht die Länder sehen,
und fahr noch heute fort.

in das Ungewohnte, indem wir verweilen sollten......

Abenddämmerung
- - - - - - - - - - - - - - - - - - - -

Steh am Abend in der Dämmerung,
und seh und flieh in den Himmel davon.
Endlos weit, so kommt es mir vor.
Wo ist es nur, daß Himmelstor ?

Tief dunkel ist der Himmel nun.
Leuchtende Sterne, die auf ihm ruh´n
Der Mond er scheint gelb- Gold dazu.
Begleitet wird dies, von seltsamer Ruh.

Wunderschön dies mit an zu sehen.
Und dennoch zwing ich mich zu gehen.
Was ist nur los, warum gönn´ ich mir nicht,
den zauberhaften Wechsel von Dunkel und
Licht ?

ziehen wir dennoch immer weiter,....auf der Suche.....

Friedenstaube
- - - - - - - - - - - - - - - - -

Taube, weiße Taube, fliege weit hinaus.
Taube, weiße Taube, richte Grüße aus.
Bringe allen Frieden, Frieden überall.
Gurre deine Lieder, laut ertönt der Schall.

Schwinge mit den Flügeln, und vertreib´ das Grau.
Über allen Hügeln, wird`s dann wieder blau.
Taube, weiße Taube, du bist nicht allein,
werde in Gedanken, immer bei dir sein.

Auf all deinen Reisen, soll man dich verstehn`.
Kannst den Weg so weisen, den sie dann begehn`.
Taube, weiße Taube, du bist der Verstand,
und wenn man`s erlaube, dann auch anerkannt.

Vogelfrei
- - - - - - - - - - - -

Ach, wär ich doch ein Vogel,
und flöge hoch hinaus.
Ach, wär ich doch ein Vogel,
und flöge übers Haus.

Von oben würd´ ich schauen,
wohl übers ganze Land.
Mein Nest, daß würd´ ich bauen,
in Bäumen, wohl bekannt.

Ein Vogel, der schön singt,
ein Lied, daß nie gehört.
Das dennoch Freude bringt,
und das auch niemals stört.

Ich wäre frei von allem,
und würd´ es mir zu viel,
ließ ich mich einfach fallen,
und sucht ein neues Ziel.

Ach, wär ich doch ein Vogel,
ich flöge in die Welt.
Ach, wär ich doch ein Vogel,
und bräucht´ noch Gut, noch Geld.

Gänseröschen

In einem kleinen Dorf, da gab es ein Haus, daß durch
seinen wunderschönen Blumengarten besonders auffiel.
Eine alte Dame lebte dort und pflegte diesen
außergewöhnlichen Garten liebevoll.
Jeden Tag sah man, wie sie mit ihrem Strohhut und ihren
grünen Gummistiefeln, im Garten arbeitete.
Obwohl der Garten sehr schön war, gab es ein paar
Neider in der Nachbarschaft, die etwas daran
auszusetzen hatten. So wurde oft darüber geredet, daß
das wilde durcheinander blühen der verschiedensten
Blumen, einfach "unmöglich" wäre. Man könne doch nicht
jede Blume nebeneinander setzen, die von der Art nicht
zueinander passe.
Das störte jedoch die alte Dame wenig. Sie setzte ihre
Blumen gerade so, wie ihr zumute war. Da konnte z.B.,
eine Tulpe neben einem fleißigen Lieschen sitzen. Oder
aber, ein Kopfsalat zwischen den Primeln.
Doch gab es nicht nur zwischen den Menschen diese
Zwietracht und dieses "nicht verstehen". Auch die
Pflanzen hatten hin und wieder diese "Unart". So kam
es, daß eines Tages etwas außergewöhnliches im
Steingarten der alten Frau passierte.
Eine Rose, die schon immer etwas abseits von den
anderen Rosen gestanden hatte, ließ traurig den Kopf
hängen.
"Was ist denn los mit dir, Rose ?" wollte ein
Gänseblümchen, daß neben ihr stand wissen.
"Ach, ich weiß auch nicht !" entgegnete die Rose;
"Ich weiß zwar, daß ich eine Rose bin, aber irgendwie
fühle ich mich nicht wie eine !"

23

"Ja, ja," fuhr nun das Gänseblümchen fort, "du bist auch irgendwie anders als die anderen Rosen. Nicht so eingebildet. Und was mir schon immer aufgefallen ist, du hast gar keine Stacheln !"

"Wenn es nur das wäre," seufzte die Rose, "keiner von den anderen Rosen redet mit mir und außerdem habe ich stets das Gefühl, daß ich eher ein Gänseblümchen hätte werden sollen. Überhaupt seid ihr Gänseblümchen mir viel sympathischer."

"Ja, daß kann ich verstehen!"

pflichtete das Gänseblümchen der Rose bei.

So vergingen die Tage und irgendwann, an einem herrlichen Sommermorgen, geschah es. Die Rose verlor ihre Blüte und fing ganz entsetzlich an zu weinen.

"Ach Rose, sei doch nicht so traurig," versuchte das Gänseblümchen die Rose zu trösten, "du bekommst bestimmt bald eine neue Blüte !"

"Nein, nein," jammerte die Rose, "ich merke, daß mit mir irgend etwas vorgeht. Wenn ich doch nur wüßte was?"

Die Rose war einfach nicht zu beruhigen und bis spät in die Nacht, hielt sie ein herzzerreißendes Gewimmer; solange bis sie vor Erschöpfung einschlief.

Am nächsten Morgen jedoch, wurde die Rose von Jubelschreien des Gänseblümchens geweckt. Erst als sie verstand, warum das Gänseblümchen so jubelte, überkam sie eine euphorische Freude. Sie bekam wieder eine Knospe. "Gott sei Dank," freute sie sich "was wäre ich ohne Blüte?"

Die darauf folgenden Tage aber, ereignete sich etwas; was ihr ganzes Leben verändern sollte. Mit jedem Tag, an dem sie ein neues Blütenblatt entfaltete, veränderte sich die Rose von Grund auf.

Nicht nur die Blütenblätter ähnelten nicht mehr der einer Rose. Sie selbst fühlte eine Leichtigkeit, die sie bis dahin noch nicht kannte. Es wurde immer klarer, daß eine Veränderung mit ihr vorging.

Sie sollte ganz anders werden, als sie es einmal war. Die anderen Rosen aber, konnten und wollten nicht verstehen, was da mit der Rose neben ihnen geschah. Und so redeten sie unverständlich und teilweise neidisch über sie:

"Guckt euch doch mal die da drüben an. Na ja, die war schon immer ein bisschen anders als wir. Aber wie die jetzt aussieht ? So was kann sich doch nicht mehr Rose nennen. Schämen sollte sie sich !"

Da meldete sich das Gänseblümchen zu Wort:

"Schämen müßtet nur ihr euch. Eingebildet wie ihr seid. Habt ihr jemals versucht mit ihr zu reden, sie zu verstehen? Aber so wie sie jetzt ist, ist sie tausendmal schöner als die schönste von euch. Denn, sie ist einmalig! Etwas ganz besonderes!"

"Ja, aber haben sie nicht recht?" fragte die Rose nun schüchtern, "und was bin ich eigentlich? Was kann ich schon sein?"

Das Gänseblümchen lächelte die Rose an und sagte bestimmend: "Du? Du bist ein „Gänseröschen" und ich würde mich freuen, wenn wir bis ans Ende unserer Tage zusammen stehen würden. Denn, so eine einzigartige Blume gibt es nirgendwo sonst auf der Welt !"

Von da an ließen die anderen Rosen das Gänseröschen in Ruhe und es lebte noch lange, lange mit dem Gänseblümchen im Steingarten.

- Ende -   Gänseröschen

25

und üben das Andere zu verstehen,........

Nicht Verstehen

- - - - - - - - - - - - - - - - - - - -

Es ist nun mal so, daß viele Menschen nicht verstehen,
wenn andere Menschen, auf ihre Meinung bestehen.
Das „ Nicht Verstehen" dieser Leute,
gab´s nicht nur Gestern, sondern gibt es auch Heute.

Sie können das Andere einfach nicht tolerieren,
und das endet dann oft so, daß sie in den Krieg
marschieren.
Ob privater Natur, oder ganze Länder sogar,
der Twist dieser Menschen, ist oft sonderbar.

Mit welchen verbissenen und verbohrten Gedanken,
sie sich fanatisch ihren Zorn auftanken.
Bis zur inneren und äußeren Explosion,
gehen sie dem einen nach, ihrer Vision.

Ohne Rücksicht auf Verluste und ohne logischen Verstand.
Widerspruch knallt hier, nur gegen eine Wand.
Meine Bitte an die Menschheit, die stelle ich jetzt hier ;
„ Lasset jedem seine Meinung, lasset meine Meinung mir !"

`"Und lasset dies alles, ohne Zorn und Haß vergehn."
Egal welche Fahnen im Winde weh´n !
Denn tun wir dies nicht, dann wird es so sein ;
Ist jeder für sich, ist jeder allein !

auch wenn es anders ist,.......

Veränderungen

Sonderbar, Sonderbar !
Eine Kuh, mit Pferdehaar.
Eine Katz` mit Vogelbein.
Ein Hund mit Schwanz, von einem Schwein.

Eine Kartoffel an `nem Baum.
Ein grüner Himmel, man glaubt es kaum.
Das Meer ist rot und ohne Spaß,
die Wüste blau und sie ist naß.

Doch ganz egal wie es auch ist,
es ändert sich, wie ihr auch wißt.
Ist`s Heute noch nicht vorstellbar,
schon Morgen nicht mehr sonderbar.

von allen Seiten betrachten,.....

Perspektive

Ich stehe im Garten und sehe hinaus,
seh` rechts eine Tanne und links steht ein Haus.
Und dreh` ich mich um, dann ist es jetzt so,
steht links eine Tanne, doch ein Haus nirgendwo.

Dann schau ich nach oben und was seh` ich da?
Ist nur noch der Himmel, ist nichts mehr wie´s war.
Der Blick geht nach unten und wie könnt`s wohl
jetzt sein?
Ist alles nur grün, nur Wiese allein.

So kann ich mich wenden, so kann ich mich dreh´n,
so ist´s immer anders, egal wie wir´s sehn.
Von wo wir betrachten, ja da kommt´s drauf an.
Aus welch` Perspektive, man beobachten kann.

Ich kann euch nur raten, dreht euch mal herum,
und seht euch genau, in den Richtungen um.
Denn, was ihr im Osten und Norden nicht seht,
im Süden und Westen ist´s, wenn man sich dreht.

Erkennen,.......

Eingebildet oder Selbstbewußt ?

Überheblich, bin ich nicht !
Steht mir auch nicht zu Gesicht.
Bin bescheiden und noch dazu,
bin ich ein Mensch, genau wie du.

Doch ein wenig, so geb` ich zu,
bin ich anders, bin nicht wie du.
Hab` Talent, zu dies oder zu das ?
Gutes Aussehen, oder "was" ?

Bin ich hübsch, oder bin ich schlau ?
Ganz egal, doch ich weiß genau ;
Was besonderes bin ich schon !
Ohne eingebildeten Unterton.

Die Geschichte, vom dummen Esel und vom schlauen Fuchs

Auf einem alten Bauernhof lebte ein alter Esel, von dem alle sagten, er sei dumm.

Die Gänse auf der Wiese neben dem Hof, die auch nicht schlauer waren, schnatterten den ganzen lieben langen Tag lästernder Weise über ihn. Mit ihrem boshaften Geschnatter, steckten sie die anderen Tiere auf dem Hof an. So ging es schon in den frühen Morgenstunden los: Eine Gans : " Hallo Huhn, Schnatter, Schnatter. . Hast du gesehen, Schnatter, Schnatter, was der Esel heute Morgen schon wieder alles gefressen hat? Schnatter, Schnatter ! Man sagt nicht zu unrecht, Dummheit frißt, Schnatter, Schnatter !"

Das angesprochene Huhn : "Boook, boook, ja ja Gans. Du hast ganz Recht, boook, boook. Kein normales Tier frißt den ganzen lieben langen Tag, booook...!"

Sogar die Schweine und Kühe im Stall, hatten immer etwas auszusetzen, an dem alten grauen einsamen Kameraden. Dabei hatte er doch nie jemandem etwas zu Leide getan. Ganz im Gegenteil. Er war wohl der ruhigste Genosse am Hof und immer wenn es irgendwo Streit gab, war er derjenige, der versuchte zu schlichten. Das endete dann immer so, daß diejenigen die sich stritten, urplötzlich ihren ganzen Zorn auf ihn losließen.

So vergingen die Jahre und es änderte sich nicht viel. Eines Tages jedoch sollte alles sich ändern, als der Morgen nicht mit dem herkömmlichen "Geschnatter" begann, sondern mit einem fürchterlichen Geschrei.

Ein Huhn kam mit flatternden Flügeln aus dem Hühnergehege gerannt: "Booo...k, boook ! Oje oje, ganz fürchterlich, ganz entsetzlich ! Book ! Die arme Gans, oje oje ! Book!"

Die Hofkatze, die vor dem Gehege saß und sich putzte, sah etwas gelangweilt dem Huhn hinterher und fauchte: " Miauuu..., so ist halt das Leben !"

"Was ist denn passiert?" , wollte nun der Esel wissen, der trotz aller Feindseligkeiten ihm gegenüber, doch immer noch am Wohl der anderen interessiert war.

"Boook, boook, oje die arme Gans. Der Fuchs hat sie geholt, boook," erwiderte das Huhn aufgeregt.

"Der Fuchs?" fragte der Esel überrascht, denn von alledem hatte er nichts mitbekommen.

Den ganzen Tag gab es kein anderes Gesprächsthema auf dem Hof und sogar die alltäglichen Boshaftigkeiten, die sonst der Esel über sich ergehen lassen mußte, blieben aus.

Es wurde Nacht und das Einschlafen der Tiere auf dem Hof zögerte sich länger als gewohnt hinaus.

Alle waren sichtlich beunruhigt, daß ein Fuchs um den Hof schlich und auch der Bauer machte noch spät seine Runde um nach dem Rechten zu sehen.

Irgendwann so gegen Morgen, weckte ein schreckliches Gebell des Hofhundes die Tiere. Aufgeregt knurrte und bellte er und lief hastig an der langen Kette mit der er festgeleint war hin und her.

Nun fingen auch die anderen Tiere an verrückt zu spielen und machten ein solch lautes Theater, daß der Bauer noch im Nachtgewand mit der Schrotflinte aus dem Haus gerannt kam. Kurz darauf hörte man zwei Schüsse und als der Bauer wieder zum Hof zurück kam, erschraken die Tiere.

Er hielt zwei tot gebissene Gänse in den Händen und fluchte dabei fürchterlich: "Verdammter Fuchs, na warte. Dich kriege ich noch !"

Am nächsten Tag war es sehr ruhig auf dem Hof und man spürte die Trauer und Angst der Tiere.

Schließlich brach der Hofhund die Totenstille: "Wir müssen irgend etwas unternehmen! Das können wir doch nicht zulassen, daß der Fuchs jeden Nacht sein Unwesen treibt. Wenn ich doch nur nicht angekettet wäre... Ich würde ihn zerfleischen!"

Wieder herrschte unheimliche Stille.

Plötzlich trat der Esel mit gesenktem Kopf vor die Tiere und sprach mit leiser Stimme:

"Wir müssen ihn nicht gleich töten um ihn vom Hof fern zu halten. Vielmehr müssen wir ihm zeigen, daß er keine Chance hat, einem Tier unseres Hofes etwas zu Leide zu tun!"

"Miauuu...," fuhr nun die Katze ins Gespräch, " ihr wißt doch genau, daß der Fuchs raffiniert ist und zudem schrecklich schlau, miaauuu..., schlauer als ich sogar. Und du Esel, miauu.., na ja, nimm´s mir nicht krumm.... aber du bist nicht gerade der Schlauste, miauu und somit bestimmt nicht der Richtige um den Fuchs auszutricksen, miaauuuu....!"

"Aaaaber...," stotterte der Esel kleinlaut weiter, " aaaaber, wenn wir alle zusammenhalten, dann könnten wir es schaffen! Wiiir müssen nur die ganze Nacht wach bleiben und einfach nicht in den Stall gehen, wenn der Bauer uns Abends holen will, um uns einzusperren!"

Nun fingen die Tiere des Hofes lautstark an zu diskutieren und viele fanden den Vorschlag des Esels, gar nicht so dumm.

Am Abend, kurz bevor der Bauer kam um die Tiere in den Stall zu bringen, waren sich dann alle einig.

"Muuuhh....," erhob die Kuh das Wort, " versuchen wir es einfach. Schließlich ist der Fuchs nicht gerade der größte und stärkste, muuuh. Mit dem werden wir wohl noch fertig werden, muuuh !"

Nun war es beschlossene Sache. Sie wollten dem Rat des Esels folgen.

Als der Bauer eintraf, um die Tiere in den Stall zu führen, stellten sich alle Tiere störrisch. Dieses Verhalten kannte der Bauer eigentlich nur vom Esel und nach einiger Zeit, stampfte er mit lautem Geschimpfe zum Hof zurück:

"Verfluchtes Tierpack. Was ist nur los mit denen ?"

Die Tiere waren zwar froh darüber ein Teil ihres Planes erreicht zu haben, aber dennoch war der Kampf nicht gewonnen.

Es wurde Nacht und mit jeder Stunde die verging, viel es ihnen schwerer mutig zu sein. Krampfhaft versuchten sie die Augen offen zu halten.

Der Morgennebel legte sich schwer über die Wiesen und eine merkwürdige Stille gesellte sich dazu.

Da brach der Hofhund leise diese Stille und fauchte kaum hörbar: "Er kommt !"

Alle spitzten die Ohren, stellten sich aber schlafend und plötzlich sahen sie, unter dem Morgennebel schleichend im Gras,.... der Fuchs.

Der Fuchs schlich, kaum zu hören durch die Wiese und die Tiere bildeten, ebenfalls mäuschenstill, einen Kreis um die Gänseschar. Durch den dichten Nebel aber waren sie nicht zu sehen.

Gerade als der Fuchs zum Sprung ansetzte und somit so nahe war, daß er die anderen Tiere auch sehen konnte, fielen die Hoftiere mit lautem Geschrei über ihn her. Die Hühner hüpften vereint auf ihn und pickten ihm ins Fell. Die Katze gab ihm einen Tatzenschlag auf die Nase und als sie von ihm abließen, kam der Esel und gab ihm einen Huftritt, gefolgt von der Kuh. Der Fuchs fiel hin und her wie ein Ball und taumelte völlig benommen, weg von den Gänsen. Die waren nun auch mutig und hackten in der Gänseschar auf ihn ein. Schleppend und erkennbar verletzt, lief der Fuchs mit letzter Kraft in Richtung Wald. Sie hatten es geschafft ! Und im Aufgehen der Morgensonne, hörte man das Jubeln der Tierstimmen. Als der Bauer am Morgen zu den Tieren kam, sah er ein Stück rotbraunes Tierfell am Boden bei den Gänsen. Auch wenn er nicht wußte, was sich in der vergangenen Nacht abgespielt hatte, so konnte er es doch vermuten. Ab diesem Tag aber, war der Esel einfach " der Esel" und nicht mehr der " dumme Esel".
Den Fuchs jedoch, sah man niemals wieder.

- Ende -

Die Geschichte, vom dummen Esel und vom schlauen Fuchs

sieht man nicht immer das wesentliche,.........

Äußerlich und Innerlich

So hin und wieder, kommts mir in den Sinn,
ist in „Verpackung", viel mehr drin !

Denn, was da äußerlich die Stirn,
dahinter verborgen ist Gehirn.
Die äußere Gestalt allein,
kann nicht, daß wesentliche sein.

Denn so auf Dauer, merkt man bald,
vergeht auch äußere Gestalt.
Doch sieht man Menschen halt nicht an,
was das Gehirn, so leisten kann.

Ja, denkt man erst und spricht,
und zeigt erst dann Gesicht,
verändert sich, wie von allein,
Gestalt, und läßt uns schöner sein.

miteinander das Spiel beginnen.....und auf das Neue warten,.....

Tanten - Besuch

Klopf, klopf, klopf; „ Wer ist denn da ?"
„ Deine Tante Erika !"
„ Hast du auch was mit für mich ?"
„ Ja, da schau mal auf den Tisch !"
„ Liebe Tante, daß ist fein,
ist das für mich ganz allein ?"

„ Ja, für dich und für den Klaus,
ist dieses schöne Bauernhaus !
Und wenn du teilst, versprech´ ich dir,
kommt noch dazu etwas Getier !
Ein Schwein, ne` Kuh und noch zum Schluß,
ein Hund, der Wache schieben muß !

Der Ulchehubsch

Oma Klara stand in der Küche und brühte den Kaffee auf.
Dies tat sie auf alt herkömmliche Weise, seit eh und jeh.
Obwohl sie von ihrem Sohn, eine Kaffeemaschine
bekommen hatte.
"Aber, der Kaffee schmeckt halt so aufgebrüht am
besten!" sagte sie dann immer wenn ihr Sohn zu Besuch
kam und sie vorwurfsvoll ansah. Oma Klara hatte
frischen Kuchen gebacken. Der duftete nun im ganzen
Haus.
Wenn ihr Sohn und ihre Enkelin zu Besuch kamen,
backte sie immer Kuchen. Bettina, ihre Enkelin, liebte
frisch gebackenen Kuchen. Nun stand Bettina in der Türe
und Oma Klara ging gut gelaunt auf sie zu und kniff ihr in
die Backen: " Na Tinchen, Bienchen ? Hast du auch
Appetit mitgebracht?"
Oma Klara nannte ihre Enkelin immer so. Denn der
Name Bettina, fand sie, wäre doch recht altmodisch.
Bettina zog die Schultern hoch und sah weniger gut
gelaunt aus: "Och, weiß nicht ? Was gibt es denn für
einen Kuchen?"
"Na, was glaubst du denn was für einen Kuchen ich extra
für dich gebacken habe, Tinchen ?" Oma Klara lächelte
aufmunternd ihre Enkelin an.
Bettina steckte die Hände in ihre Hosentasche und
senkte verlegen ein wenig den Kopf, denn sie wußte, daß
ihre Oma nur für sie allein den Kuchen gebacken hatte.
Kirschtorte ! Mmmh !
Kirschtorte ließ die Welt schon ganz anders aussehen,
egal wie schlecht es dir im Moment auch ging.

" Darf ich ihn auch draußen essen ?" fragte Bettina Oma
Klara und sah auch gleich zu ihrem Vater um zu sehen,
ob ihm dies auch recht sei.
" Na klar. Tinchen Bienchen! Nimm dir auch noch ein
Glas Milch mit." sagte Oma Klara und Bettinas Vater
nickte zustimmend.
Bettina ging mit ihrem Kuchen und dem Glas Milch in den
Garten.
" Na," Oma Klara wand sich nun zu ihrem Sohn, " wie
geht es euch so ? Hat Bettina immer noch Probleme
beim Einschlafen ?"
Bettinas Vater saß am Eßzimmertisch und stocherte in
der leckeren Kirschtorte herum.
" Na ja, daß ist halt alles nicht so leicht für sie und nicht
nur für sie." entgegnete er Oma Klara.
" Da kann man doch wirklich den Glauben verlieren,
wenn einem der wichtigste Mensch im Leben genommen
wird."
Tränen standen ihm in den Augen und Oma Klara mußte
an sich halten, um nicht lauthals los zu Heulen. "Das
Leben muß weiter gehen, egal wie schwer es auch im
Moment scheint. Es gibt noch so viel schönes, was es
euch beiden zu bieten hat. Glaub mir !" Mit diesen
Worten strich sie ihrem Sohn über den Kopf. Dies hatte
sie schon immer so getan, wenn sie ihn trösten wollte.
Bettina saß mit ihrem Kuchen an dem alten Kirschbaum,
von dem auch die Kirschen auf der Kirschtorte waren. Sie
schloß die Augen und biß kräftig in den Kuchen. Der
Wind pustete ihre blonden Haare immer in dem Moment
ins Gesicht, wenn sie gerade zubeißen wollte.

" Mensch, ulch...," fauchte sie nun ärgerlich. Dieses Wort,
" ulch", gab es eigentlich nicht. Aber es erinnerte sie an
ihre Mutter.

Ihre Mutter konnte es nie leiden, wenn jemand fluchte.
Deshalb hatte sie eine Abmachung mit ihrer Tochter
getroffen was das fluchen betraf. Immer wenn Bettina
zum fluchen zumute war, sollte sie statt dessen, dieses
Wort, "ulch", sagen. Bettinas Mutter empfand diese
Gefühlsausbrüche dann nicht so schlimm.

Plötzlich hörte sie ein merkwürdiges Klopfen, daß aus
dem Baum zu kommen schien.

" Was ist das ?" fragend drehte sie sich zum Baumstamm
um.

" Mit wem redest du denn da ?" fragte ihre Großmutter,
die gerade in den Garten gekommen war.

" Ach nix ! Mit niemand. Ich habe gedacht, ich hätte
Geräusche aus dem Kirschbaum gehört," erwiderte
Bettina.

Oma Klara kam auf Bettina zu und hockte sich vor sie, "
weißt du, mein Vater, also dein Urgroßvater, hat mir mal
erzählt, daß es vor langer Zeit Tiere gegeben hätte, die
am liebsten in alten Kirschbäumen gelebt haben. Das
müssen wohl scheue Tiere gewesen sein, denn es gab
nicht viele Menschen, die je eines zu Gesicht bekamen.
Aber das Klopfen in den Kirschbäumen hat verraten, daß
dort eines zu Hause war. Man mußte allerdings genau
hinhören, dann konnte man sogar eine Art Tiersprache
hören, die sonst kein anderes Tier hatte !"

Oma Klara setzte sich nun neben Bettina auf den Boden
und lehnte ihren Kopf an den Kirschbaum.

Bettina tat dies ebenfalls und lauschte nach irgendeinem
Klopfen oder Geräusch.

Aber nichts ! Dennoch, sie war sich sicher etwas gehört zu haben.

"Hast du so ein Tier jemals gesehen?" fragte Bettina ihre Großmutter.

Oma Klara lächelte : "Nein ! Aber einmal, als meine Mutter gestorben war, da habe ich mich an den Baum gelehnt und geweint, weil ich so traurig war und da habe ich gedacht, ich hätte etwas gehört. Aber bestimmt war das nur Einbildung, denn gesehen habe ich nie eines !"

Oma Klara erhob sich wieder und klopfte sich das Gras vom Rock. Sie strich ihrer Enkelin über den Kopf, genau so wie sie es gerade vorher bei ihrem Sohn getan hatte und ging zum Haus zurück.

Bettina steckte sich das letzte Stück Kirschtorte in den Mund und klopfte dann ganz leise an den Kirschbaum. Dann klopfte sie ein zweites Mal und beim dritten Mal trommelte sie mit beiden Händen gegen den Baumstamm und schrie ärgerlich : " Ulch noch mal ! Ich würde gerne wissen, ob es dich wirklich gibt !"

Nun ging sie zum Haus zurück um sich von ihrem Vater zu verabschieden, denn der mußte auf Geschäftsreise und deshalb durfte Bettina heute bei Oma Klara schlafen. Als ihr Vater merkte, daß ihr der Abschied recht schwer fiel, tröstete er sie: " Übermorgen bin ich ja schon wieder da. Ich bringe dir auch was schönes mit !"

Seit dem Tot ihrer Mutter hatte Bettina immer Angst, wenn ihr Vater auf Geschäftsreise fuhr. Was, wenn auch er mal nicht mehr nach Hause käme ? Wenn ihm auch irgend etwas geschehen würde. Dann wäre sie ganz alleine !

Wie jede Nacht, konnte Bettina auch diese Nacht nicht richtig einschlafen. Sie wälzte sich von einer Seite, auf die andere.

Oma Klara hatte ein paar mal nach ihr gesehen und sie beruhigt.

Doch sie konnte und konnte nicht einschlafen.

Inzwischen war Oma Klara schon zu Bett gegangen und da irgendwann Nachts, hielt sie es dann einfach nicht mehr aus. Sie stand auf und tastete sich zu dem Schreibtisch, der in ihrem Zimmer stand. Sie wußte, daß dort eine Taschenlampe stand. Gerade als sie die Taschenlampe in der Hand hielt und anmachen wollte, sah sie etwas auf der Fensterbank vorbei huschen. Vor Schreck ließ sie die Lampe fallen. Vorsichtig bückte sie sich, um die Taschenlampe wieder aufzuheben und krabbelte auf allen Vieren zum Fenster um nachzusehen, was das gewesen sein konnte. Obwohl sie Angst hatte, knipste sie nun die Taschenlampe wieder an, denn sie war zu neugierig was da gewesen war. Als das Licht der Lampe aus dem Fenster strahlte, sah sie wieder etwas, daß von der Fensterbank Richtung Garten sprang. Bestimmt ein Eichhörnchen, oder eine Katze, dachte sie. Doch nun wollte sie es genau wissen.

Sie zog ihre Hausschuhe an und ging leise durchs Haus, um ja nicht Oma Klara zu wecken. Etwas mulmig war ihr dann schon, als sie die Terrassentüre zum Garten öffnete. Aber sie war viel zu neugierig, was da so spät Nachts noch vor ihrem Fenster umhersprang.

Bettina leuchtete mit ihrer Taschenlampe in den Garten und da, da sah sie wieder etwas, daß zum Kirschbaum hüpfte. Mit einem Satz sprang dieses Etwas nun den Baumstamm empor. Sie ging langsam auf den Kirschbaum zu und als sie mit der Lampe auf den Baum leuchtete, passierte es. Dieses Ding sprang ihr direkt auf den Kopf.

41

Bettina erschrak fürchterlich und dachte ihr letztes
Stündlein hätte geschlagen.
Wenn sie jetzt nicht von diesem Geschöpf umgebracht
würde, dann wäre sie bestimmt der jüngste Mensch, der
an einem Herzinfarkt sterben würde. Aber außer, daß sie
sich nicht von der Stelle rühren konnte, geschah nichts.
Dieses Ding, schien sich ebenfalls nicht zu bewegen.
Doch es war noch da, daß spürte sie.
" Was jetzt ?" fragte Bettina leise mit zittriger Stimme.
Plötzlich bewegte sich dieses Geschöpf langsam und
kroch an Bettinas Armen herab. Bettina schloß die Augen
und dachte, " laß es bitte ein Eichhörnchen sein." Als
Bettina mutiger Weise ein Auge öffnete, leckte ihr genau
in diesem Moment eine kleine dicke Zunge über die
Nase.
" Äch pfui, daß ist gar nicht hubsch ," wisperte Bettina
und als sie nun auch das zweite Auge öffnete, rutschte
es ihr schon etwas kräftiger heraus, " Ulch noch mal, was
bist denn du ?" Das was sie da sah, war anders als
jedes andere Tier, was sie jemals gesehen hatte. Aber
erschreckend war es auch nicht. Eigentlich ganz im
Gegenteil. Doch als wäre es selbstredend, daß man sich
vorstellt wenn man sich kennen lernt, fing dieses
merkwürdige Tierchen an Töne von sich zu geben.
Konnte es wirklich sein, daß Bettina richtig gehört hatte?
Dieses Geschöpf hatte wahrhaftig, "hubsch" gesagt.
Eigentlich war dies der gewohnte Sprachfehler von
Bettina, den dieses Tier wohl nachgeplappert hatte. Sie
sagte nämlich des öfteren hubsch, anstelle von hübsch,
wenn sie aufgeregt war.
Jetzt mußte Bettina lachen und es sah so aus, als würde
dieser kleine Kerl genau dasselbe tun.

Anscheinend äffte er gerne alles nach, was er sah und hörte.

" Na gut," sagte nun Bettina, " dann bist du ab sofort ein....äh, ein...." Ulchehubsch", denn einen Namen mußt du ja schließlich haben. Der kleine Kerl hüpfte vergnügt auf Bettina herum und als hätte er jedes Wort verstanden, krächzte er ständig seinen neuen Namen: "Ulchehubschsch........Ulchehubschsch...!"

Bettina setzte sich ins Gras und ließ ihren kleinen neuen Freund an ihr herum turnen. Das kitzelte und kribbelte. Sie spielten so eine ganze Zeit lang, bis Bettina plötzlich gähnen mußte, weil sie jetzt doch langsam müde wurde. Der kleine Ulchehubsch krabbelte zum Kirschbaum zurück als hätte er begriffen, daß Bettina schlafen wollte. Ehe sie vor Müdigkeit ganz die Augen schloß, sah sie noch, wie er in einem kleinen Loch an der Wurzel des Baumes verschwand und das Loch von innen scheinbar wieder zu grub.

Am nächsten Morgen wurde Bettina vom mitleidigen Reden ihrer Großmutter geweckt:

" Kind, mein armes kleines Tinchen Bienchen. Sag nur, du hast die ganze Nacht hier verbracht ? Mein armes Kind !"

Bettina lächelte ihre Großmutter zufrieden an und sagte: " Weißt du was Oma? So gut wie heute Nacht hab ich schon lange nicht mehr geschlafen !"

Oma Klara zog ihre Strickjacke aus und legte sie Bettina um: "Ja, wenn das so ist....! Komm lass uns jetzt rein gehen, frühstücken. Ich mach dir erst einmal einen heißen Kakao!"

Bettina stand auf und drehte sich noch einmal kurz zum Kirschbaum.

Dann klopfte sie kräftig gegen den Baumstamm. Als sie ihr Ohr an den Stamm hielt, hörte sie ein leises Klopfen und sie meinte ein gekrächztes, " Ulchehuuubschsch..." gehört zu haben.

Also doch kein Traum, dachte sie und murmelte leise vor sich hin:

" Es gibt dich doch, mein kleiner Ulchehubsch !"

Zufrieden ging sie ihrer Großmutter hinterher und drehte sich immer wieder noch einmal zum Kirschbaum um, bis sie im Haus war.

- Ende - Ulchehubsch

im Wissen das man nicht allein ist, hilft der-dein Glaube,......

Gute Nacht- Lied

Mein Kind schlaf ein, es dämmert schon !
Sandmann steigt von seinem Thron.
Schlaf jetzt ein, schlaf recht schön,
kannst jetzt in die Traumwelt zieh´n.

Der Teddy liegt auf deinem Kissen,
sollst ihn im Traum auch nicht vermissen.
Die Äuglein zu, daß Lichtlein an,
daß gar nichts böses zu dir kann.

Nur gute Träume dich begleiten,
erholte Nächte dir bereiten.
Das wünsch ich dir, mein Kind schlaf ein !
Ich werde immer bei dir sein.

Frühling

Kalte Tage, kalte Nächte,
doch dies ist nun bald vorbei.
Sonne fordert ihre Rechte,
und Natur entspringt dabei.

Zarte Stiele, kleine Blätter,
schieben sich ganz langsam raus.
Ganz egal was für ein Wetter,
bald zum schönsten Frühlingsstrauß.

Wald und Wiesen jetzt erblühen,
und sie laden uns nun ein,
Lebensfreude zu versprühen,
und dabei ihr Gast zu sein.

Ja, der Frühling läßt uns glauben,
daß nicht nur Natur erwacht.
Trübe Gedanken wird er rauben,
und nicht nur die Sonne lacht.

Als aus grauer Bär, wieder großer Adler wurde

Die Holzbaracke, in der grauer Bär schon lange lebte,
war sehr spärlich eingerichtet. Ein Bett, daß auch
gleichzeitig als Sofa diente, ein kleiner tragbarer
Fernseher, ein alter Herd und gleich daneben, ein
Kühlschrank. Außerdem gab es dort noch ein altes
emailliertes Waschbecken indem gespült, Wäsche
gewaschen und auch gleichzeitig die Körperpflege
verrichtet wurde. Auf der kleinen Ablage darüber stand
ein Radio. Ein Schrank, der eher ein alter Militärspind war
und ein Schaukelstuhl waren ebenfalls vorhanden.
Grauer Bär stand an seinem Herd und kochte das
Wasser für seinen Morgenkaffee. Auf dem Kühlschrank
lag ein Frühstücksbrett, daß er selbst angefertigt hatte
und darauf lag sein Frühstücksbrot. Gegessen wurde
immer im stehen, denn viel Platz zum hinsetzen hatte er
nicht.
Aber das empfand grauer Bär nie als schlimm, denn
wichtig war, daß er überhaupt etwas zu essen hatte.
In den letzten Jahren war es für seinen Stamm nicht
gerade leicht gewesen hier zu leben. Das Reservat gab
ihnen zwar Unterkunft, aber das Überleben hier war für
viele ziemlich schwierig.
Wehmütig dachte grauer Bär oft an die Zeit zurück, als er
mit seinem Vater eine kleine Ranch bearbeitet hatte.
Aber durch die Großgrundbesitzer war sein Vater
irgendwann gezwungen, seine kleine Ranch zu
verkaufen. So lebten sie seit dem völlig verarmt im
Reservat. Die Jahre waren vergangen und grauer Bär
war nun selbst schon ein alter Mann. Von seiner Familie
war fast niemand mehr da.

Seine Schwester hatte gleich neben ihm eine Hütte, in der sie mit ihrer Tochter und deren unehelichen Sohn Joey lebte. Aber außer mit dem kleinen Joey, hatte er nicht viel Kontakt mit seiner Familie. Die hatten ihre eigenen Probleme und waren eher mit sich selbst beschäftigt.

Gerade, als grauer Bär an diesem Morgen in sein Frühstücksbrot beißen wollte, klopfte es an seiner Tür. Joey stand da und hielt einen Fisch direkt vor grauer Bär's Nase.

"Wollen wir uns den heute so braten, wie früher die alten Krieger ? Bitte Onkel Jack!" flehte Joey grauer Bär an.

"Du sollst mich nicht so nennen." gab grauer Bär mit ernster Miene zu verstehen. Er nahm den geangelten Fisch und redete mürrisch weiter : " Na, komm schon rein. Ich zeig dir erst noch mal wie man den ausnimmt. Das mußt du schließlich lernen !"

Joey konterte nun zurück: " Weißt du, eigentlich verstehe ich nicht, warum du so darauf bestehst grauer Bär genannt zu werden. Schließlich ist das ja auch nicht dein richtiger Name, großer Adler !"

Grauer Bär nahm sein Fadenmesser aus seiner Seitentasche und fing an den Fisch auszunehmen.

"Großer Adler bin ich schon lange nicht mehr. Und diesen modernen Namen, den mir mein Vater nicht gab, kann ich nicht leiden." gab grauer Bär kurz und knapp zur Antwort. Als grauer Bär mit dem Ausnehmen des Fisches fertig war, nahm er eine Pfanne aus dem Regal und stellte sie auf den Herd.

"Hey, grauer Bär ! Nicht so ! So wie die alten Krieger, am Lagerfeuer, in Blättern eingewickelt!" protestierte nun Joey.

"Ich bin kein Krieger. Ich bin ein alter Mann, der zu nichts taugt." entgegnete ihm grauer Bär. Joey nahm ruckartig den Fisch aus grauer Bär´s Hand und schimpfte: " So lange wie ich dich kenne, bist du grauer Bär ein alter Mann. Dabei bist du erst 68 Jahre alt. Kein Wunder, daß du nicht genug zum Essen hast wenn du dich nur darauf verlässt, daß ich dir ab und zu einen Fisch angele. Warum angelst du nicht mal mit mir zusammen? Wir könnten uns auch noch Beeren im Wald sammeln die wir als Nachtisch essen. Außerdem könnten wir uns Kaninchenfallen bauen und Kaninchen fangen.
Wenn wir die räuchern haben wir immer noch etwas Fleisch. So wie die alten Krieger damals."
Jetzt wurde es grauer Bär aber zu bunt.
Schließlich gab es keine Krieger mehr. Das Leben heute sah eben anders aus und außerdem war er nun wirklich nicht mehr der Jüngste. An was sollte er sich noch erfreuen? Was fiel diesem kleinen frechen Rotzlöffel ein, so mit einem gestandenen "alten Krieger" zu reden ?
Das waren doch ganz andere Zeiten, als Krieger eben noch Krieger waren. Heute hatte diese Bezeichnung keine Bedeutung mehr.
"Ich werde dir zeigen, was so ein alter Mann wie ich vom Leben alles gelernt hat. Jagen und fischen erfordert Ruhe und Ausdauer, die so ein frecher Wirbelwind wie du erst lernen müssen." Mit diesen Worten nahm grauer Bär, Joey am Arm und drückte ihm einen Rucksack in die Hand. Dann holte er seine Angel, die er selbst aus Weidenstock gemacht hatte, aus dem Militärspind und drückte Joey zur Tür hinaus.
Es war ein herrliches Wetter an diesem Tag. Das richtige Wetter zum jagen und fischen.

Ohne ein Wort zu reden gingen sie in den Wald. Es vergingen so einige Stunden. Wie viele konnten sie beide nicht sagen, denn keiner hatte eine Uhr. Aber die brauchten sie auch nicht. Richtige "Krieger" brauchen keine Uhr. Irgendwann hielt grauer Bär an und hockte sich um Tierspuren anzusehen. Er fühlte mit seiner Hand über die Spuren und nickte: " Noch warm. Hier können wir Fallen aufstellen !"

Er nahm sich Holz Äste die herum lagen und schnitt mit seinem Fadenmesser gleich große Stöcke, die er dann mit etwas Draht geschickt zu einer Kaninchenfalle anfertigte. Jetzt legte er noch etwas Laub über die Fallen und holte aus seinem Rucksack eine Holzschale, die er auch selbst geschnitzt hatte.

Er drückte sie Joey in die Hand und zeigte auf ein paar dicke Steine, die in der Nähe lagen.

"Dort wachsen Pilze die man essen darf. Nimm mein Fadenmesser hier und schneide so viel, wie zwei Hände voll Pilz, ganz knapp vom Boden weg ab. Mehr als zwei Hände voll brauchen wir nicht.

Außerdem wachsen unter den großen Blättern dort Beeren. Sammle ein paar und lege sie auf zwei von den Blättern !"

Joey nickte und tat was grauer Bär ihm aufgetragen hatte. Die Pilze und Beeren steckten sie in den Rucksack und gingen weiter. Ganz in der Nähe gab es einen kleinen See. Als sie dort ankamen, drückte grauer Bär Joey die Angel in die Hand und sagte:

"Angeln kannst du ja schon. In der Zeit wo du einen Fisch fängst, kümmere ich mich um das Feuer !"

Sie redeten kein Wort und jeder tat, was seine Aufgabe war.

Dennoch konnte man sehen wenn man sie beobachtete, daß sie Freude an dem hatten was sie taten. Auch ohne zu reden.

Ruhig und besinnlich hatte Joey am See gesessen und geangelt und gar nicht mitbekommen, daß grauer Bär weg gewesen war. Plötzlich kam grauer Bär mit einem Kaninchen wieder. Das Feuer brannte und grauer Bär fing an dem Kaninchen das Fell über die Ohren zu ziehen. Er nahm das tote Tier aus und spießte es auf einen geschnitzten Stock. Joey merkte ein ziehen an seiner Angelrute und zog einen wirklich stattlichen Fisch aus dem Wasser. Nun klopfte grauer Bär ihm anerkennend auf die Schulter und drückte ihm sein Fadenmesser in die Hand : " Jetzt bist du dran !"
Joey fing an den Fisch so auszunehmen, wie er es schon etliche Male bei grauer Bär gesehen hatte. Einen gewissen Ekel konnte er aber nicht unterdrücken.
"Das erste Mal ist immer am schlimmsten." beruhigte grauer Bär ihn mit einem Schulter klopfen.
Sie wickelten den Fisch in die großen Blätter die sie mitgebracht hatten und legten ihn auf die Feuerstelle, die bereits nur noch glühte. Es wurde langsam dämmrig und die Glut des Feuers spendete ihnen auch noch etwas Wärme. Grauer Bär zeigte über die Bäume am See zur untergehenden Sonne und Joey sah faszinierend dem Naturereignis zu. Sie aßen ihr selbst erlegtes Getier. In diesem Moment bemerkten sie eine innere Ruhe die sich in ihnen ausbreitete. Grauer Bär nahm sich eine Zigarette aus seinem Rucksack und reichte sie Joey: " Wie die alten Krieger," sagte er und lächelte dabei.

Joey nickte und während er unter husten an der
"Friedenszigarette" zog, stammelte er:
"Das war ein guter Tag, großer Adler!"
Und grauer Bär erwiderte: "Ja Joey "kleiner Krieger",
daß war ein guter Tag !"

- Ende -

Als aus grauer Bär, wieder großer Adler wurde

vergangenes leben lassen,....

Auf dem Abstellgleis (Ausrangiert)

Auf den Gleisen steht die Bahn,
schon seit etlich´ staub´gen Tagen.
Und man fragt sich irgendwann,
warum Blumen aus ihr ragen.

Ist denn dieses Ding aus Eisen,
nicht viel eher so zu sehn`,
daß in ihr die Menschen reisen,
und die Räder sich stets dreh´n?

Doch, da steht die alte Dame,
ausrangiert und ohne Nutz.
Da wo früher stand Reklame,
fällt herab bei ihr der Putz.

Als ich sie genau betrachte,
ja, da fällt es mir nun auf,
daß man wohl nur das beachte,
was im Leben kommt zu Lauf.

Steht es dann, ganz plötzlich stille,
ist es nicht mehr interessant.
Doch mit etwas gutem Wille,
siehst du Dinge auch im Stand.

Stimmungen

Purpurrot des Himmels Farbe,
schillernd blau der Ozean.
Natur, du bist die schönste Gabe,
die man uns jemals angetan.

Die Bäume, die da Blüten tragen,
die Wiesen, Wälder immer grün.
Was soll man mehr dazu noch sagen?
Natur, du bist so wunderschön!

Die Vögel, die am Morgen singen,
die Katzen, die des Nachts miauen.
So wunderschön im Ohre klingen,
und läßt es zu, daß Gottvertrauen.

Kindheit - oder ,.......
Des Lebens` schönste Zeit

Man selber nicht entschieden,
auf dieser Welt zu sein,
fanden Menschen, die dich lieben;
" So süß, so toll, so klein !"

Die Kindheit hat begonnen,
und eh` man sich versah,
da war die Zeit verronnen,
und Falten waren da.

So fing man an zu sinnen;
" Wo war die Zeit geblieben ?"
Noch mal könnt` sie beginnen,
noch mal könnt man sie lieben.

Mit dem Verstand von heute ,
da wüßt man ganz genau,
als Kind, als kleine Leute ;
" Das Leben, das ist blau!"

Wer das so nicht begreift ,
der tut mir gar nicht leid ,
der ist, obwohl er reift,
nur geistig nicht so weit.

Die Leopardin

Vor noch nicht allzu langer Zeit, lebte eine Leopardin im Dschungel von Afrika. Sie hatte zwei Junge die sie über alles liebte. Es war schön mit anzusehen, wie die Leopardenjungen schnell größer wurden.

Die Leopardin war stolz auf ihre Jungen und fing auch recht bald an, die Kleinen auf ihr späteres Leben vorzubereiten. Sie erzählte ihnen Geschichten,schmuste mit ihnen, zeigte ihnen die alltäglichen Dinge die zu einem Leopardenleben dazugehörten.

Die Kleinen lernten schnell und taten stets das, was die Mutter ihnen beigebracht hatte, aber....immer im Bewußtsein das Auge der Leopardin dabei zu haben.

Schnell wuchsen die Kleinen zu stattlich schönen erwachsenen Leoparden heran und eigentlich hätten sie schon lange alleine durch den Dschungel streifen können,....doch sie taten es nicht.

Die Mutter war ratlos. Sie hatte doch alles das beim erziehen der Jungen getan, was man ihr so weiter getragen hatte, von Generation zu Generation.

Eines Tages als die Abenddämmerung kam, nutzte sie die Gelegenheit um ihren Jungen zu erklären, das sie Beide nun ihre eigenen Wege gehen müßten.

Die Jungen nickten und versprachen der Mutter gleich bei Sonnenaufgang verschiedene Dschungelwege einzuschlagen, um endlich alleine zurechtzukommen.

Es wurde Morgen und die Sonne brannte bereits heiß auf ihr Fell.

Wie versprochen standen sie nun auf und jeder für sich schlug einen Weg in die Finsternis des Dschungels ein.

Die Leopardenmutter stand da und blickte ihnen nach.

Sie hatte kein gutes Gefühl dabei, das ihre geliebten Kinder alleine in diese gefährliche Welt aufbrachen.
Aber sie wußte auch das sie die Jungen nicht weiter an sich binden durfte, denn der Tag würde kommen, an dem sie alt und hilflos würde und sich der Macht der Natur hingeben müßte.
In dem Augenblick indem sie ihre Jungen in verschiedene Wege des Dschungels verschwinden sah, wurde es ihr plötzlich Angst.
Sie wurde sich bewußt, das sie die Jungen nicht mehr im Blick hatte und selbst wenn sie eines verfolgen würde um zu beobachten ob es ihm gut ginge, hätte sie das andere aus dem Blick verloren.
Die Leopardin brüllte aus Leibeskraft ihren Schmerz heraus.
So als wäre alles nur ein Spiel gewesen, sprangen die Jungen aus dem Dickicht heraus auf ihre Mutter zu.
Die Leopardin merkte das ihre Jungen sie wohl nicht ernst genommen hatten.
Sie legte ihr grimmigstes Leopardengesicht auf und sprang auf ihr eigenes Fleisch und Blut zu, als wäre es eine Beute.
Die Jungen erschraken und setzten sofort zwei Schritte zurück. Die Leopardin sah plötzlich für sie nicht mehr beschützend und vertraut aus. Mit drohenden Gebärden wandte sich die Mutter nun hin und her und entfernte sich gleichzeitig immer mehr von ihren Jungen, bis sie in den nahe liegenden Gebirgen verschwand.
Die Jungen standen nicht begreifend da und taten schließlich, was ihre Mutter ihnen aufgetragen hatte. Sie machten sich auf den Weg in den tiefen dunklen Wald.
Es vergingen Jahre und die Leopardin war grau und ohne Kraft.

Da kam der Tag an dem eine Horde von Kojoten ihren Weg streifte.
Sie stand da und brüllte was ihre Stimme noch her gab.
Doch die Kojoten ließen sich davon nicht einschüchtern.
Sie sprangen auf sie und bissen tiefe Wunden in ihr Fell.
Plötzlich kamen aus dem Wald zwei kräftige Leoparden gesprungen und griffen die Gefahr bringenden Kojoten an, verjagten sie.
Von ihren Wunden geschwächt sprang die Leopardin mit letzter Kraft in eine Höhle nahe der Berge.
Die zwei kräftigen Leoparden jedoch sprangen ihr nach in die Höhle und als sie anfingen ihre Wunden zu lecken, sah sie- es waren ihre Jungen.
Wie im Traum gingen die vergangenen letzten Jahre an ihr vorbei und sie hatte ein unendliches Glücksgefühl, das ihren Schmerz vergessen ließ.
Irgendwann als die Nacht herein brach, sah sie im dunklen ihre Jungen in den Dschungel aufbrechen.
Diesmal hatte sie keine Angst eines von ihnen aus dem Blick zu verlieren. Sie hatten gezeigt, das sie dem Kampf des Lebens Stand halten konnten.
Beruhigt schloss die Leopardin die Augen und ein letztes jaulendes Brüllen klang über die Berge zum Wald, bevor sie den Kopf zum ewigen Schlaf legte.

- Ende - Die Leopardin

....und den Lauf der Dinge akzeptieren.....

Gestalt- gestalten

- -

Entsprungen ist so winzig klein,
ein wundersames Leben.
Es wird wohl früh behütet sein,
wird nehmen und auch geben.

Wächst, wird groß und größer dann,
so soll es sein,
als reif und ausgewachsen ran,
von ganz allein.

Egal wie viel dafür getan,
das es so wächst- gedeihet.
Sein eigen Weg fängt es so an,
Gestalt und Geist befreiet.

So kannst du tun,
zu Form und Tat,
es wird sich selbst gestalten.
Wird nichts zu Nutz- ob Wunsch noch Rat,
als Einzig selbst entfalten.

Das was zu formen ist,
bist du allein.
Wenn du das nimmer mehr vergißt,
wirst glücklich sein.

Dein Weg

Niemand ist in dieser Zeit,
der Schatten der das Glück verteilt.
Und wenn er auch der Meinung ist,
„ist daß",....was er dabei vergißt.

Man kann allein nicht nur durchs
wollen,
das dann erreichen, was sie sollen.
Doch wäre jeder klar für sich,
das auf diktieren; „gilt nur für mich!"

Ein Leben hat ein jeder nur,
und mit den Fragen auf der Spur,
wird er den Weg für sich wohl geh´n,
obgleich auch andre um ihn steh´n.

los - lassen

Machst dir Sorgen,
um Menschen - um Morgen.
Willst mit Rat und Tat,
parat ... .
Ein Leben lang tun,
kommst nicht zum ruh´n.

Lass los,....
ob klein, ob groß.
Denn irgendwann wird sein,
verantwortlich für sich allein.
Wenn jeder lebt für sich sein Leben,
kann er aus tiefstem Herzen geben.

Lass los - lass ein,
lass Liebe in dein Herz hinein.

...und zwischendurch ein kleines Zitat...:

*Liebe ist- ..einen anderen wichtiger
zu sehen-
als sich selbst....und dennoch....
„ist es dein Gefühl!"
Also,..akzeptiere das,..was man dir
gibt!
Mehr kannst du nicht verlangen!*

..und wenn es Liebe ist.....

Vor hunderten von Jahren, lebte ein Mädchen auf einem Bauernhof. Es war der Hof ihrer Eltern. Viel zu tun war dort und es wurde den ganzen lieben langen Tag nicht langweilig.

Die Eltern waren zufrieden mit ihr und hatten ihre Tochter auch gewiss lieb. Doch wie es zu dieser Zeit war, wurde darüber nicht geredet oder gar ihre Liebe gezeigt.

Das Mädchen hatte auch einen Bruder. Der Bruder allerdings wollte schon in jungen Jahren in die Welt hinaus, um dort einen angesehenen Beruf zu erlernen. Als Bauer wollte er seine Jahre nicht vergeuden.

So war das Mädchen mit den Eltern allein und tat seine Pflicht.

Eines Tages jedoch, als sie gerade dabei war das Korn auf dem Feld zu säen, kam ein Bursche des Weges daher. Er fing an mit ihr zu plaudern und machte dem verschüchterten Mädchen Komplimente. Hübsch sei sie und warum ein so gut aussehendes Mädchen so schwer arbeiten müsse, fragte er.

Achselzuckend und mit hochrotem Kopf wandte sich das Mädchen dem Burschen ab. Der Bursche ging weiter.

Sie tat ihre Arbeit und merkte das ihre Gedanken stets bei diesem Ereignis waren.

Es war noch nicht einmal der Bursche selbst, der ihr diese Gedanken machte, sondern das jemand an ihr interessiert war. Ein schönes Gefühl !

Ab diesem Tag fing sie an mit aufmerksameren Augen durch die Welt zu gehen.

Sie wollte öfters dieses schöne Gefühl haben. Ob bei der Arbeit, auf dem Wochenmarkt oder in der Kirche.
Stets wenn ein Bursche zu sehen war hob sie den Blick und versuchte heraus zu bekommen, ob er erwidert wurde. Da sie auch ein hübsches Mädchen war, geschah dieses auch öfter. So verging die Zeit.
Aus dem Mädchen wurde eine junge Frau und ihre Eltern wurden alt und krank.
Die junge Frau mußte nun noch härter arbeiten und einen Mann an ihrer Seite gab es nicht. Sie hatte sich nie näher auf jemanden einlassen können.
Eines Tages klopfte es an der Tür des Hofes und zwei Männer standen davor.
Sie traute ihren Augen kaum, aber es war ihr Bruder der schon seit Jahren nicht mehr auf dem Hof gewesen war.
Sie fiel ihm um den Hals und fing an zu weinen; ach, war sie froh ihn zu sehen.
Am liebsten wollte sie ihn nicht mehr loslassen.
Ihrem Bruder ging es wohl nicht anders und nach einiger Zeit ließen sie voneinander und er stellte den Mann an seiner Seite vor.
An diesem Tage wurde gefeiert, geredet, gelacht und alle waren glücklich.
Irgendwann als sie zu Bett gehen wollten, hielt der Mann den ihr Bruder mitgebracht hatte sie am Arm fest und sagte: „ Erkennst du mich eigentlich nicht? Damals auf dem Feld...ich hatte dich angesprochen, dir Komplimente gemacht!"
Erst jetzt fiel ihr auf, das der Mann Ähnlichkeit mit dem Burschen von damals hatte. Er sprach weiter:
„Ich war viel unterwegs und habe dich trotzdem nie vergessen können.

Als ich irgendwann deinen Bruder kennen lernte und er mir von euerem Hof und dir erzählte, war das für mich ein Wink des Schicksals. Ich hätte jeden Weg und sei er noch so lang und schwierig gewesen, für dich überwunden. Mein Gefühl wenn ich an dich gedacht habe war so wahnsinnig glücklich, das ich mir kein schöneres vorstellen kann! Wie geht es dir dabei?"

Die junge Frau überlegte einen Augenblick und erwiderte dann:

„Wenn das Liebe ist was du fühlst, so habe ich es noch nie erlebt. Aber du warst der Erste, der mir ein Glücksgefühl gegeben hat und bist es wert die Chance zu bekommen, das ich herausfinde ob du meine Liebe sein kannst!"

Es kam der nächste Tag und ihr Bruder mußte wieder des Weges ziehen. Der Mann jedoch blieb auf dem Hof und half der jungen Frau bei der Arbeit. So verbrachten sie viel Zeit miteinander. Ob bei der Arbeit, oder aber am Abend nach getaner Pflicht.

Sie kamen sich immer näher und irgendwann, konnte der eine nicht mehr ohne den andren sein. Da war es klar. Liebe findet seinen Weg, egal wie lange es dauert und wie viel Arbeit damit verbunden ist.

So lebten die Beiden glücklich und zufrieden bis in die Jahre.

- Ende - ...und wenn es Liebe ist.......

.....tausend mal umschrieben........

Die Liebe

- - - - - - - - - - -

In tausend Worten eingehüllt,
mit Leid und Glück so ausgefüllt,
umschrieben mit Gefühl.
Es dreht darum sich doch so viel.

Die Wissenschaft es nicht erklärt.
Hat einen unbezahlten Wert.
Nur dann wenn´s kommt- ist da...
„Nur wunderbar!"

Steht sie vor dir, dann frage -
„ Bist du`s - mein Glück?"
Als Antwort sie dir sage :
„ Ein Teil von dir- ein Stück !"

Du kannst es nicht begreifen,
mußt reifen,
an ihr - zu zweit.
Für Ewig dann bereit.

Nur wer sie läßt und ehrt,
ist ihrer wirklich wert !

...Wortbeschreibung...

Liebe =

Ein Begriff für tiefe Zuneigung und Zusammenhalt.
In verschiedenster Art und Weise ausgelegt und gelebt.
Nur der Mensch allein verbindet Ewigkeit damit.
Doch wie das Leben selbst, ist sie vergänglich....
auf die eine oder andere Weise.
Fazit: „ Lebe die Liebe solange du kannst!"

Universum =

was nicht zu „be"-greifen ist und wo der Verstand aufhört
weiter zu gehen...da fängt der Begriff Universum an.
Fazit: „ Wenn du aufhörst ,weiter zu denken" - bist du nicht bereit für´s Universum !"

Glück =

ein Gefühl das individuell ist....und nur dann als solches „gesehen" wird, wenn es sichtbar wird!......
Fazit: Versuche dein Glück zu finden und zu erkennen...von alleine kommt es nicht!

(Wortbeschreibung und Zitat)

Das Ende zum Anfang

Eines Tages in einem unserer Jahrhunderten, sprach des
Nachts ein kleiner Stern zu einem ihm nahe stehend
Großen:
„Großer Stern, sieh mal dort...was geschieht da mit dem
Stern der noch bis gestern voll in seinem Glanz stand?"
Der große Stern hob seinen Blick und sah, das ein ihnen
gegenüberliegender Stern Funken versprühte und
regelrecht zu brennen schien.
„ Na, dies ist das Ende zum Anfang, was sonst!"
entgegnete dieser mit einer Selbstverständlichkeit.
„Wie meinst du das ?" wollte nun der kleine Stern wissen.
Der große Stern holte tief Luft und redete mit zittriger
Stimme:
„Ach, weißt du mein Kleiner, einerseits ist dies eine
traurige Sache, denn wir haben uns an diesen Stern dort
über die Jahre hinweg gewöhnt und bei seinem Antlitz
erfreut. Genau wie er es bestimmt auch bei seinen im
Blick liegenden Sternen getan hat. Und nun ist er bald
nicht mehr da! Aber andererseits ist es auch eine schöne
Sache zu wissen, das er dennoch durch sein sich
Auflösen, Teile ins Universum versprüht, die dann durch
das Fliegen dieser Teile in unendliche Weiten treibt...und
sich so irgendwo wieder niederlässt.
Also wenn man es genau nimmt, mein Kleiner, sitzt auf
und in jedem von uns ein Teil eines Anderen und lebt so
bis in alle Ewigkeit,....wenn es diese gibt!"

„Ja wenn das so ist...", sprach nun der kleine Stern; „dann kann ich es ja fast gar nicht abwarten, bis mir das selbe passiert. Es muss wundervoll sein, ein Teil eines oder mehrerer Sterne zu sein!"

Der große Stern sah den kleinen lächelnd an und sagte: „Man muss es nehmen wie und wann es kommt und sich so oder so an dem Teil des Existieren´s erfreuen, ohne Furcht vor dem was ist oder aber danach sein wird. Denn eines steht fest. Es liegt nicht in unserer Hand wenn es geschieht, das unser Dasein sich so ändert!"

Ein tiefer Seufzer ging von beiden Sternen aus, als sie dem Schauspiel des „Neuanfangs" zusahen.

Und es geschah, wie schon Millionen... nein... milliardenfach davor...oder aber noch viel mehr....

Ein wunderschöner hell erleuchteter Stern im Universum explodierte.

Und als wäre dies nicht ein Ende, sondern ein Anfang, gab es rund umher ein großes Spektakel und eine wundervolle Freude der umliegenden Sternenschar.

-Ende- Das Ende zum Anfang

Das „ Jetzt" in der Unendlichkeit

Ich schlafe ein, ich wache auf.
So nimmt jeder Tag, auf`s neu seinen Lauf.
Unendlich, so scheint es, läuft das Leben immer fort.
Egal wo wir sind, egal an welch` Ort.

Und wenn ich am Himmel die Sterne dort seh`,
dann weiß ich genau, egal wo ich steh,
sie sind immer da und wie weit auch hinaus.
Sie sind da, fürwahr, und sie strahlen Licht aus.

Ich bin nur ein Teil, in dieser Unendlichkeit.
Doch ich bin „ Jetzt" hier, und ich bin „ Jetzt" bereit.
Mein Bestes, versprech´ ich, ja das will ich tun,
denn ist es zu Ende, kann ich immer noch ruh´n.

Das Lebensglück

Kalte, kurze, dunkle Tage,
sind in dieser Zeit bereit,
und es ist wohl keine Frage,
was am meisten uns erfreut.

Wärme die wir selber machen,
und aus unsrem Innern scheint,
ein beherztes, frohes Lachen,
das mit einem Auge weint.

Dieses wunderbare Glauben,
an das Gute dieser Welt,
kann uns heute keiner rauben,
Frohsinn ist für Heut bestellt.

Kleine leuchtend, weiße Flocken,
Sterne die am Himmel hell,
tiefe Dunkelheit soll locken,
und die Zeit vergeht so schnell.

Dieses, was wir jetzt erleben,
ob es warm oder wohl kalt,
kann uns keiner wieder nehmen,
und wir werden dabei alt.

Meine Freunde, reicht die Hände,
und denkt jetzt an einst zurück,
das in Kindheit uns befände,
zauberhaftes Lebensglück.

Zwischendurch...etwas besinnliches.......

Zitate :

Frage zum „Wort“:

Wenn meine Worte nicht mehr stimmen ? -
Muss ich suchen - bis ich die richtigen
gefunden habe !
Fazit:
So wird aus einer Wortfindungsstörung -
eine- klang hafte
„WORTFINDUNGSMELODIE!“

Spaß :

Spaß ist nur so gut,
wie das Lachen- das dahinter steht.
Fazit: Also lacht und habt Spaß- oder, habt
Spaß und lacht!

Ehrlichkeit :

Ehrlichkeit, ist die 1.Regel zur Akzeptanz
und des Respekt´s eines Menschen zum
Menschen!
Fazit: Sei ehrlich zu dir selbst!

Stagnieren :

Stagnieren ist gleich - Tod - so oder so!
Fazit: Immer in „Bewegung" bleiben!

...... ein paar Märchenreime..........

Futter oder Leben

Ein kleines Mäuschen,
Namens Kläuschen,
saß ganz allein,
im Keller ein.
Es hatte großen Appetit,
auf´n Vorrat von Familie Schmit.

Die Äpfel schmeckten ihm famos,
keine Kartoffel war zu groß,
und auch Gemüse war ihm recht.
Die Kost bei Schmit`s die war nicht schlecht.
Doch die Katze hier im Haus,
mochte eben keine Maus.

Des Nachts, doch auch an hellen Tagen,
mußt sie das Kläuschen ständig jagen.
Und auch die gute Kost allein,
konnte kein rechter Tröster sein.
So überlegte sich die Maus;
„ Ich ziehe aus, aus diesem Haus !"

Doch als es dann, so gegen vier,
ganz leise öffnete die Tür,
da sprang die Katz mit einem Satz,
und schlug dem Kläuschen in die Fratz.
Sofort fiel Mäuschen Kläuschen um.
Die Katze schaute nur ganz dumm.

Und die Moral, von der Geschicht`;
Will man dich hier vielleicht wohl nicht,
geh eher früher, als zu spät,
bevor die Katz dich sonst erspäht.
Denn keine gute Kost ist wert,
daß dir solch Schicksal widerfährt !

Schweinchen Übermut

Ein kleines Schweinchen saß im Stall,
und schubste einen roten Ball.
Das Schweinchen dachte; „ Ach wie fein,
daß kann ich selber ganz allein !"
Es spielte immer wilder Ball.
Da plötzlich, gab es einen Knall.

Die Kanne die am Boden stand,
die schepperte jetzt an die Wand.
Und an der Wand, die Milch der Kuh.
Danach war erst einmal kurz Ruh.
Das Schweinchen dachte so bei sich;
„ Keiner gehört, na` hoffentlich !"

Und voller Übermut sodann,
fing es wieder mit Ball spielen an.
Und als es immer doller spielte,
so auf das Tor dann richtig zielte,
da traf es so mit voller Macht,
daß Scheunenfenster und es kracht.

Dort in den Scherben hing der Ball.
Das Schwein versteckte sich im Stall.
Es schluchzte leis` ; „ Mein Ball, kaputt !"
Bestraft war nun sein Übermut.
Doch wenn man an was Freude hat,
entschuldigt das, so manche Tat.

Nachbar Neugierig

Guck` mal da, du glaubst es nicht,
was schaut denn für ein Gesicht,
langsam um die Ecke rum?
Schaut ganz komisch. Schaut ganz dumm !

Hat nen` Besen in der Hand,
und er stützt sich an die Wand.
Sagt kein Ton und guckt nur so.
Doch wohin, wohin nur, wo ?

Hat er sonst denn nichts zu tun,
außer dort grad` aus zu ruh´n?
Lästig ist es, wenn er schaut !
Das er sich das einfach traut ?

Wenn er dann ja etwas sage,
wär´s nicht lästig, keine Frage.
Aber dieses Schweigen, Sehen,
kann dir auf die Nerven gehen.

Na, was soll´s, dann guck halt so,
wenn nur das dich macht recht froh.
Tu es halt, in „ Gottes Namen".
Dann viel Spaß, mach´s gut und „ Amen".

" Nein, meine Suppe....!"

An dem Tisch, da sitzt die Liese,
und sie fand es gar nicht gut,
daß die Mutter sie nicht ließe,
und sie schäumt und kocht vor Wut.

Soll sie wirklich diese Suppe,
die sie absolut nicht mag,
soll so tun, als wär´s ihr "Schnuppe",
runter schlucken, ohne Klag?

Nein, daß war ihr so nicht möglich,
denn die Mutter war dran Schuld,
diese Brühe unverträglich,
aufzutischen, und sie grollt.

Doch die Mutter ist sehr listig,
und sie droht der Liese an;
" Iß die Suppe, daß ist wichtig,
sonst kommt nicht der Pudding dran!"

Guter Geschmack

Summel die Brummel, die Brummel
Gesumm.
Was summelt und brummelt um´s
Blümchen herum ?
Es brummselt und summselt und hört gar
nicht auf.
Da, setzt es sich plötzlich, auf´s Blümchen
oben drauf.

Es schlurfet und schlürfet und was tut es jetzt
?
Kaum zu glauben, daß es sich auf ein
anderes setzt.
Das Blümchen, daß war doch so schön und
so toll.
Was Brummsel- Gesummsel auf´nem
anderen soll ?

Nach außen, da stimmt es, doch was man
vermißt,
ist guter Geschmack, ist was drinnen ist.
Das schönste Blümchen ist halb so viel wert,
wenn es dir zum Schluß, Bauchweh beschert.

Hecken-Zecken

Eine kleine Zecke,
saß in der Hecke,
und wartet seit´ner Stund,
auf einen dicken Hund.

Und als der Hund gekommen,
die Zecke ihn erklommen,
und biß ihm voller Lust,
ganz kräftig in die Brust.

Der Hund fing an zu toben,
die Zung´ ins Fell geschoben,
und jaulte leis dabei.
Der Zeck war`s einerlei.

....und wie schwierig es ist, die richtigen Buchstaben zu
einem „sinnvollen" Wort
-Wörter zu vereinen,.....

Geschicklichkeitsspruch

Itze, Batze, Butze, Bie !
Diesen Spruch, vergißt du nie.
Butze, Batze, Bie und Itze,
kannst´s im steh´n und kannst´s im sitze.

Bie und Itze, Butze, Batze,
sag´s ganz schnell, in einem Satze`.
Batze, Itze, Butze, Bie,
sag´s noch mal, wie ging es, wie ?

... wie- und wann es endet...?....

Erreicht

Ein Häselein sprang in die Wies
und schaute durch die Blumen.
Es fragte sich, ob man es lies
und fing dann an zu summen.

Schon immer wollte es so sein,
man kann es wohl nicht glauben,
mit Flügeln, gelbgestreift und klein
und stets bereit zu saugen.

Doch wie es sich auch angestrengt,
ihm wuchsen keine Flügeln
und gelbgestreift hät´ eingeengt,
fürs summen setzt es Prügel.

Man lies es nicht wie es so wollt.
Da fing es an zu weinen.
Doch ganz egal wie es auch grollt,
es mußte zu den seinen.

Dann irgendwann zu später Nacht,
da hatte es beschlossen;
„ Ich hüpfe leis und auch ganz sacht,
zum Jäger,..werd erschossen!"

Als es von weit den Jäger sah,
da wurde es ihm bange.
Sprang auf und was ihm nun geschah,
...ein Auto quietschte lange.

Das Häselein ward platt gefahren
und flog gen` Hasenhimmel,
wo alle eins und glücklich waren,
durch Bienenschar-Gewimmel.

So hat es dann wohl doch erreicht,
was es schon immer wollte.
Es war ganz klein, es war ganz leicht
und keiner der ihm grollte.

Es kommt für jeden mal die Zeit,
in der er das erreichet,
für das er Leben lang bereit,
was immer dafür weichet.

Die Fee und das Blättertagebuch

In einem zauberhaften Wald, in dem wunderschönen
Land Phantasia, da lebte eine kleine Fee.
Sie war eine aufgeweckte kleine Person und es gab für
sie nichts schöneres, als den ganzen lieben langen Tag
im Wald umher zu fliegen und sich an den schönen
Dingen die es dort gab zu erfreuen.
Es wurde ihr nie langweilig und selbst wenn es einen
Anflug von Langeweile gab, träumte sie sich in Gedanken
in aufregende Abenteuer. Abends, wenn sie dann in das
Glockenblumenquartier flog, schrieb sie all die nicht
erlebten Abenteuer und die wirklichen Naturereignisse in
ihr dickes Blättertagebuch.
Ach, wenn sie doch immer so umher fliegen könnte und
diesen wunderschönen Wald mit all seinen kleinen und
großen Wundern ansehen könnte, dachte sie. Und wenn
sie irgendwann einmal eine erwachsene Fee wäre, dann
würde sie den kleinen Elfenkindern im Wald von dieser
faszinierenden Natur berichten. Sie darin unterrichten.
Das wäre eine wundervolle Sache. Ihr größtes Ziel.
Die Jahre vergingen wie im Flug und die kleine Fee
wurde älter.
Mittlerweile hatte sie auch nicht mehr so viel freie Zeit um
den Tag zu genießen, denn auch so eine Fee muß
schließlich ihren Verpflichtungen nachgehen.
Sie gab, wie sie es schon immer wollte, Naturunterricht
für alle Elfenkinder im Wald. Da kannte sie sich ja
wahrlich gut aus. Schließlich hatte sie viel Zeit im Wald
mit den Pflanzen und den Tieren verbracht.

Die Elfenkinder jedoch machten sich anscheinend nicht sehr viel aus dem interessanten Naturunterricht.
Aber warum nur? Die Fee konnte es nicht verstehen.
Es machte sie sehr traurig, das die Elfenkinder kein Interesse zeigten.
Schließlich war es doch das aller schönste, wenn man sich im Wald befand und alles um sich herum beim Namen nennen konnte; dachte sie.
Genauso hatte sie am liebsten jedenfalls immer ihre Zeit verbracht. Und wie viele nicht erlebte Abenteuer waren ihre Begleiter durch diese phantastische Natur.
Wie sollte sie nun ihre Begeisterung und ihr Wissen an die Elfenkinder weitergeben?
Wo sollte sie anfangen einen Weg zu finden um dies zu erreichen? Es gab nur einen Ort dafür; „Der Wald!"
Noch am selben Tag machte sich die Fee auf und flog ihren üblichen Flug durch den Phantasiawald. Sie suchte und suchte, doch irgendwie wollte sich keine Antwort finden.
Sie flog immer ungeduldiger werdend umher.
Da sah sie einen kleinen Elfenjungen an dem alten Glockenblumenquartier sitzen.
Er hatte dort ihr altes Blättertagebuch gefunden und hielt es in den Händen.
Total vertieft las er die Zeilen die da geschrieben standen. So hatte er die Fee auch gar nicht wahrgenommen. Die Fee beobachtete den kleinen Elf weiter und bemerkte, das er laut aus dem Buch vorlas.
Völlig fasziniert von dem geschriebenen fing er gleichzeitig an die Pflanzen und Tiere um sich herum zu registrieren. Hin und wieder sprach er leise dabei ihren Namen aus.

Eine ganze Zeit verging so und der Elfenjunge hüpfte mit dem Blättertagebuch in den Händen durch den Wald und war wohl auch sichtlich gut gelaunt dabei.
Die Fee flatterte zitternd an einer Stelle und eine kleine Freudenträne kullerte ihr aus den Augen.
War das nicht wundervoll?
Wenn dies auch hilfreich sei, den Elfenkindern die Naturkunde weiterzugeben, dann ist es die Antwort.
Das, was sie als kleine Fee immerzu getan hatte und , das was ihr Lebenstraum war,... Dies war der richtige Weg um die Elfenkinder zu unterrichten!
„Warum nicht?".....dachte sie.
Warum soll nicht Verpflichtung- und Wissen mit Phantasie so weitergegeben werden?!
Von diesem Tag an gab es nur eine Art und Weise wie die Fee, die Elfenkindern unterrichten wollte.
Ihr altes Blättertagebuch sollte zum Lehrbuch werden.
Von Tag zu Tag flog sie nun mit den Elfenkindern und dem Buch unterm Arm in den Wald um dort Naturunterricht der besonderen Art zu führen.
Die Elfenkinder hatten ihre helle Freude dabei und hin und wieder konnte man die Fee zu später Stund´ alleine am Glockenblumenquartier sitzen sehen.
Als wäre das Blättertagebuch unendlich, schrieb sie heimlich immer weiter ihre Traumabenteuer in dieses Buch,...bis...?.....
Ja,....vielleicht sitzt sie dort noch heute!

-Ende-   Die Fee und das Blättertagebuch

…, suche, finde und erreiche....

Das Glück

Eins, zwei, drei und vier,
ist kein Mensch und ist kein Tier.
Blätter grün und steht im Gras.
Ja,...was ist dies- was?

Mußt es suchen, ganz gewiss,
weil es doch recht selten is´.
Und belohnt wirst du dafür,
findest es dann auch mit „vier".

Doch wie es auch ist,
und wie lange man´s vermißt,
bleibt man dran bis man es hat,
ist das Glück das Resultat.

Auf der Suche nach dem Blatt,
mit dem Glück verbunden hat,
wirst du dann am Ende seh´n,
kann das Glück niemals vergeh´n.

und ohne es zu wissen,...ist das Ende der Anfang....

Ziele

- - - - - - - -

Oben, auf der alten Eiche,
sitzt ein Knabe und er weint.
Hat gedacht, daß er´s erreiche,
hat´s gehofft und hat´s gemeint.

Doch als er zur Hälft` gekommen,
ja, da wurde es ihm klar;
„Überschätzt und übernommen!“
Klar, daß er jetzt traurig war.

Denn der Wille nur allein,
kann´s alleine so nicht sein.
Wenn man hohe Ziele hat,
stört am Ende jedes Blatt.

Doch der Knabe klettert weiter,
langsam keuchend, ohne Leiter,
denn er kann sein Ziel schon sehn,
wie viel Stunden auch vergehn.

Als er oben angekommen,
und die Spitze so erklommen,
dacht´ er stolz und voller Glück,
an des Baumeswegs` zurück.

- ENDE -